# 칙칙폭폭 그 옛날 완행열차

김동준 시집

칙칙폭폭 그 옛날 완행열차

50

시와정신시인선

시와정신사

## 시인의 말

처음부터 알고 가는 길은 없다

길들여진 길 팽개치고

곳곳에

열어보지 않은 길 온전히 펼치며

타박타박 걷다보면

닦은 길이 비로소 제 길 된다

그렇게

수없이 열어본 길들은

내 삶을 화사하게 수놓은

한 폭 멋스런 수채화다

# 차 례

## ___ 제1부

___ 제2부

___ 제3부

___ 제1부

# 안개로 읽는 무진기행

달달한 꽃잠 머리맡 밀쳐두고
서둘러 길을 나서네
이곳 무진은
꼭두새벽부터 싱싱한 안개를 낳지
오늘도 한치 앞 볼 수 없는
새벽안개 자욱해
다소 무료하지만
반달음치는 발길 놓으니
짙은 안개로 빚어낸
멋스런 수묵화 한 폭 눈에 드네
마냥 안개더미 묻혀 반나절 훌쩍 지나가고
저 안개
꼬리지느러미 흔들며 가뭇없이 사라지네
사라지는 것은 그지없이 간절하지
솔래솔래 여윈 흐벅진 장딴지처럼
메말라가는 생의 웅덩이처럼
그리해도
구김살 없이 싱그러운 정오 햇살
벙싯대며 뜨겁게 이마를 짚네
남녘바다 아늑히 찬란하고

# 이정표

이 골 저 골 타고 내려온 높새바람
북적대는 달궁
천은사 십팔 킬로 이정표 서 있다
수척한 그믐달
서둘러 서쪽 자리 눕고
흔들리는 손전등 불빛 따라
칠흑 같은 밤길 홀로 걷는다
타박타박 발자국 소리 호젓하다
밤이 이슥토록
남녘하늘로
그윽이 빛나는 눈 맑은 처녀성좌
이정표 앞서가며 길을 연다
자맥질하듯
굽이굽이 돌고개 내려오는 자동차 불빛
깊은 어둠 가르며
내 앞을 섬광처럼 스쳐간다
잠시 환한 장막 속 갇혀
문득 개안이란
참된 깨달음이 아니라

깨달음조차 말끔히 지워버려야 한다는 생각
잠시 스쳐간다
성삼재 넘은 홀가분한 발길
내 발자국 소리만 자박자박 끌고 간다
그 길은
갓 피어오른 천은재 안개더미 묻히고
곧바로 화엄사 일주문 밖 은행나무 밑에 묻힌다
이정표가 인도한 길이 끝나는 그곳
부르튼 뒤꿈치만 외따로 남긴다

# 늘 쓸쓸함이 감도는 종점

머나먼 길 돌고 돌아 도착한 해남터미널은
환승 위해 잠시 들리는 경유지지
홀연히 막차 떠나보내고
늘 쓸쓸함이 감도는 텅 빈 대합실이
오늘의 종점이지
내일이면 다시 길 나서는 시발점이고

수많은 길 갈아타며
들러들러 돌아온
내 삶의 아련한 종점
해남서 땅끝 정도 남았을까
달랑 한 장 남은 달력처럼
슬어놓은 호시절 솔래솔래 바닥이다
살점 저미는
뼛골 시린 고추바람조차 감미롭고

저마다 제 몫의 통점 간직하며
발원지로 다시 돌아갈
내 삶의 마지막 기착지

무엇을 그려 넣을까 골똘히 생각하다
에라
아껴 무엇하리 쥐꼬리만 한 여생을
설핏 이마 짚는 첫눈
머나먼 길 닫아걸고
선술집 문 힘껏 잡아당긴다

# 마지막 기착지

뼛골 깊숙이
바람찬 계절 헛헛하게 들어찼어

계절 따라 색색 빛깔로 정경 바꾸는
눈부신 길 위에서
금쪽같은 세월 보냈지
지금 이 계절은 탈색된 무채색 길이지

늪 속처럼 깊은 초하루 어둠 드리우며
겨울바다는 불꽃놀이 축포 쏘아 올리듯
뭇 별 우수수 쏟아내네
몇 척 집어등 저 멀리 깜빡이고

일렁이는 파도
소리 소문 없이 일어서네
까물치듯
온몸으로 갯바위 부딪혀 피어올린
싱싱한 물보라
구슬처럼 산산이 흩어지지

기껏 물거품 같은 내 삶도

이 길 끝에서
길은 제 길 지우며 사라지고
어차피 돌아갈
길 너머 길
벌써 그믐달만큼 아리게 남았네

# 폭설에 취하다

남녘은 벌써 매화축제 절정이다

산간지방으로 이미 폭설주의보 내렸지만
배젊은 심장 이식한 발길
가리산 넘어 굳이 이곳까지 끌고 왔다
고봉밥처럼 함박눈 한 자가웃 쌓인
한산한 원통국밥집서
뜨끈한 순대국밥 곁들인 낮술
자발스런 발길 줄곧 눌러 앉히고
취한 눈길
폭설로 끊긴 한계령 애틋이 밝힌다
굽이굽이 고갯길 읽으며 넘던 소싯적
되짚는 낮술은
잃어버린 꿈길 흡족하게 조명하는
초롱한 눈빛이다
소복소복 쌓여가는 함박눈
한낮의 산마을 고적하게 가두고
거센 눈발 사이로 가뭇없이 사라진
한계령 향해

연신 곁눈질하는 그윽한 눈길 아쉽게 거둔다
곱은 목젖 따끈하게 데워주는
얼근한 낮술
해거름 내린 뒤까지 눈발 더불어 이어지고
황홀한 고립 끌어안으며
낯선 민박집서
폭설 덮고 포근히 눈을 감는다

# 막차 떠난 자리

서둘렀지만
막차가 홀연히 갈길 놓아버렸다
개찰구 점등마저 꺼지고
텅 빈 대합실 가득 적막함을 채운다
습관처럼
늦은 밤 막차 더아니 떠나보내야
황망한 이곳이
따스한 보금자리처럼 안락해지나
멀찌감치
달음질치는 계절 아직 귓불 붉은데
목덜미로 감기는 쌀쌀한 바람
벌써 겨울 쪽으로 종종걸음 친다
헛발 딛은 진눈깨비
좁다란 골목길 질척하게 깔린다
유랑의 습성 아리도록 야윈 몸 배었지만
갈 곳 잃은 걸음
소슬바람 휩싸여 쪽배처럼 흔들린다
에멜무지로
가는 길 놓아야 묵어갈 수 있는 남도여관

고단한 잠 새근하게 부린다

흩창 밖으로
소금 절은 바람소리 밤새 칭얼대고
허술한 잠
보길도 부영동 서성거린다

# 날밭으로 가는 어슬녘 풍경

청주 중앙공원 가면
날밭으로 가는 어슬녘 풍경 한 점 있지요
이를테면 노인들 윷판이 그렇지요
스물아홉 개 윷판에 말을 쓸 때마다
얼크러진 매듭 수없이 엮고 풀며
그 밭들 팍팍하게 지나왔겠지요
오랜 세월
곧은 척추 허물어뜨리고
횅한 정수리서 내려다보면
시작이 끝인
날밭 향해 가고 있음을 아실 만한데요
짧은 해거름
제 빛 물고 망선루 너머 사라지고
가로등 하나 둘 부스스 깨어나도
겨자씨만한 불씨
날밭 가까이 놓여가는 줄도 모르고
모도진 개걸진 핏대 세우며
고양이 콧등 위 까무러지는 늦가을 햇살
허겁지겁 들이키고 있네요

공원에는 그런 풍경 한 점 더 있지요
등 굽은 압각수
뒤꿈치 들고 힘겹게 버티며
무른 살점 으깨어 짠 금빛 보료
날밭 너머 휘영하게 펼치고 있네요

# 그림엽서 전시장

대청봉 들러
황소걸음으로 동악산 갓머리 도달한
알록달록한 단풍
가속페달 밟고
청류동 계곡까지 단숨에 내달렸다

도림사 지나 예쁜 그림엽서 전시장으로
달뜬 걸음 깊숙이 밀어넣는다
잎사귀마다 화사하게 축등 컨다
잉걸불 찍어 바른 온 산 이글거린다
동악산 타고 내려오니
노을 한 자락 엇섞은 애기단풍 눈자위
하도 새빨개 눈물겹다

소슬바람 스산하게 깊어져
제 몸 걸친 단풍잎
사락사락 떨구는 그날도
아니
선명한 지문 말끔히 지워지는 그날까지도

그대 위해 은혜롭게 축등 켤 수 있을까

간절한 마음 들어
고운 시어 빼곡히 적어
그대에게
**그림엽서 한 장 띄워 보낸다**

# 곰배령

머리맡에 곤한 잠 떨쳐놓고
주섬주섬 겉옷 꿰어 입네

한 짐 내려놓은 밋밋한 오솔길
어깨 위
날아갈 듯 가벼움을 얹네

곰배령 오르니
부드러운 햇살도 솔솔바람도
한데 어우러져
연둣빛 입술 설레게 새봄 지피네
형형색색 고운 들꽃 화사하고

그토록 찾아 헤매던 이곳이
샹그릴라일까
보헤미안들이 꿈꾸는 샹그릴라

한적한 눈길
설악산 영봉 뭉클 끌어당기네

대청봉 잇는 마루금도 가슴속 드네

양떼구름 느린 보행 따라 걷다보니
뒤얽힌 머릿속 차분해지고
내게로 가는 길 열리네
길이 끝나는 곳 다시 이어지는
아늑하고 고요한 내게로 가는 길이

# 동백꽃 연가

선운사 동백 꽃망울
모지락스럽게 입술 깨물며
아직 단꿈 젖어 있어
두터운 외투
걸치기도 벗기도 애매한 이 계절에
그끄제 내린 목화송이 같은 함박눈
벌써 자국 없이 물크러져 질척이네
부푼 동백꽃망울 살포시 귀 기울이면
겨울바람만 핥던 버석대는 줄기마다
땅속 깊이 퍼 올리는 물소리
자분자분 들려오네
달포 지나면
깊은 잠 깨운 봄꽃 군단 따라
화사하고 아린 동백꽃
미친 불길 휩싸여 벙싯 피어나겠지
꽃그늘 타고 떠오르는 어느 느낌씨
딱 그랬지
눈부신 절정에서 울컥울컥 생피 토하며
마지막 유서 쓰듯
탐스럽게 피워 올려

툭툭 목을 꺾는 동백꽃도
내 사랑도
그토록
쓰린 가슴도 눈물겹게 흘러가겠지
그때쯤
동백꽃 보러 선운사로 다시 가야겠네

# 무릎 꺾인 자리가 종점이다

버스 문 열리자
무릎 세워 나온 승객들
이슥한 골목길 새새로 총총 사라졌다
막차 끝으로
달빛 허기 채운 버스 선 채로 잠들었다
인적 끊긴 정류장
쓸쓸한 그림자 홀로 길게 늘인다
고금도까지 가야 하는데
기댈 어깨조차 없는 여기가 종점인가
하긴
내일조차 알 수 없는 하루하루가
종점 아닌가
드라마 모텔서 노근한 발목 푼다
그래 접사꽃대 꺾인 자리서 접시꽃 피듯
무릎 꺾은 자리서 새길 열리겠지
내 잠은 일렁이는 파도 타고
밤새 고금도 향해 가고
어쩌면 내일은
강진만 건널 수 없을지도 모른다

# 공중전화가 밝히는 눈웃음

토말비 앞에 서니
알싸한 바람결 먼저 콧등 얹힌다
몇몇 남은 이파리 앙상하게 자지러지는
고샅길 서성이다
첫눈 기다리는 마음이
공중전화 부스 안 환히 밝힌다
설레게 버튼 누른다
눅눅한 밤안개 속으로
달달하게 접힌 사연 두서없이 푼다
꽃다운 그대 눈웃음 살갑다

허전한 발길 너무 멀리 왔구나
지상의 모든 길들이
그대 숨결 고르로운
그곳 향해 돌아갈 길 연다

# 서리꽃

시퍼렇게 칼날처럼 벼린 살바람 실려
헐벗은 가지마다 서리꽃 활짝 피었네
이제 겨우 깨금발 떼는 명지바람
아직 저 멀리 있고
돋은 몽우리조차 깊은 단꿈 젖어있는
이 계절에
동안거 든 황악산 칠부 능선 위로
망울망울 맺힌 서리꽃
아 눈부셔라

이월은 빈혈증 걸린 환자처럼
늘 피가 부족하지
들꽃 정원 탐스럽게 흐드러지려면
한 종지 뜨거운 피 절실하네
비단결처럼 부드러운 햇살 한 줌도
그리고
야무지게 발목 묶은
저 서리꽃 사슬부터 풀어야 하지
슬며시 겨울 꼬리 치켜든

몸서리치는 서리꽃 사슬을

한고비 지나면
남실바람이 수혈한 뜨거운 피
온몸으로 화끈 돌겠지
달아오른 온갖 꽃들
앞다퉈 지천으로 피어나겠지
그때쯤
서리꽃 사슬 같은 애인도
흰 이 드러내며 벙긋 웃어주겠지

# 노을 공작소

그곳은 필시
노을 빚는 공작소가 있나 보다
오늘도
열두 폭 노을 칠산바다로 출하되었다
지상의 최상급 원단이다
기러기 무리 어스름 하늘 밑줄 그으며
고운 원단자락으로 감감하게 여미어진다
무릎걸음으로 걸어와
기우듬한 석양빛 밀어내며
슬그머니 치깔은 어둑발
시월 열사흘 달빛 원단 펼친다
저리 곱디고운 원단에는
꽃으로 핀
엇박은 문양 새겨져 있어
눈물 매듭 그렁그렁 엮고 풀며
지난하게 잘금댄다
눈두덩이 발그레 물들이는 원단자락으로
해쓱한 그림자 동그마니 여미어진다
돌이켜보면

화사하게 새긴 문양 흠집투성이다

그리해도
노을 공작소가 줄곧 가동하는 한
아로새긴 문양 구실 삼아
적적한 기억은
칠산 바다 무시로 들락댈 것이다

# 내 젊은 기억의 무늬

아무런 연고 없는 제주도서 완도로
먼 길 돌아 해남까지 와 있다
을씨년스럽게 찬바람 부는 계절은
순결한 날개 펼치듯
머지않아 첫눈 예고하고 있다
북적대는 대합실 틈새
멀리까지 따라온 흐린 기억
체납된 고지서처럼  불쑥 날아든다
오늘처럼 여러 번 노선 갈아타며
뽀얀 목덜미 어깨 위 살포시 기댄 채
땅끝까지 동행하던 까무룩한 기억이

또 다시 땅끝으로 가는 완행버스
어슬녘 갈아타고
18번 좌석 깊숙이 고단한 몸 묻는다
허전한 여정 달래주듯
달보드레한 저녁놀
차창 밖으로 뉘엿뉘엿 달라붙는다
재단장한 낡은 기억도

뉘엿하게 달라붙는다

젊은 기억이 그렇하게 수놓은 길의 무늬
그믐밤 별밭 같이 총총 빛을 발한다
그 빛으로
아물지 않은 기억 환히 밝히며
생생한 무늬 따라
땅끝까지 줄기차게 뻗어나간다

# 민낯 드러낸 초겨울

곱게 치장한 색조 화장 그새 싹 지워졌어
미추름한 때깔 엊그제 같은데
민낯 드러낸 허허로운 초겨울이네
헐벗은 계절은
벌써 고추바람 잔등 올라타고 있지
뼛속 시린 바람의 갈기 세차게 휘날리며
들국화 꽃씨 봉인하고 있어
그 갈기 속 헤집어 들어
한 땀 한 땀 여린 박동 뜨거워지도록
듬쑥하게 삶을 깁네
보드라운 명지바람 불어올 때까지

고적한 초겨울 문턱은
날선 바람만 빈 가지 깨물며 지나가고
밟혀 바스러지는
경쾌한 가랑잎 소리조차 소슬하지
갑자기 끄물거리는 걸 보아하니
마수걸이 첫눈이라도 내릴 참이야
무서리 서린 십일월 달력 아쉽게 뜯으며
아무래도 겨울 채비 서둘러야겠네

___ 제2부

# 달빛 도둑

설핏 잠든 사이
깊은 밤 열고 빈객처럼 찾아온 보름달빛
무궁화 열차 차창에 달라붙어
휘영청 따라온다
몇몇 지나친 간이역은
맹렬한 질주서 이탈한 기적소리만
아련히 품고 있을 것이다

구례구역 나서니
수은등 불빛 무색하게
달빛 먼저 역 광장 환히 밝힌다
새벽 두 시
탐스런 달빛 훔쳐
재빠르게 어둔 발밑 감춘다
구례공영터미널 향해 자박자박 걷는 내내
발밑이 환하다

아마 저 달빛
지리산 노루목까지 줄곧 따라오며
즐거이 배웅해 줄 것이다

# 칙칙폭폭 그 옛날 완행열차

요즘 열차는 너무 영악해졌어
아무리 먼 곳이라도 제 시간 맞춰
원하는 역 착착 도착하는 열차가
완행열차는 이제 흘러간 옛 노래야
옛 노래라는 말 너도 공감할 수 있겠지
그 옛날 호남선 비둘기호 열차서
우린 서로 눈빛 맞았으니까
그때는 급행열차 먼저 보내려고
두어 시간 연착은 아주 다반사였지
그 덕으로 목포역 아쉽게 접고
송정리 네 자취방서 함께 묵게 됐잖아
그 역까지 가는 대여섯 시간 동안
우린 오징어 잘근잘근 씹으며
사돈의 팔촌까지
서로의 신상 탈탈 털었잖아
그러니까
수십 년 동안 얼굴 맞대고 있는 거겠지
그러고 보니 우리는
아주 쇠심줄같이 질긴 인연이네

철거덕 철거덕 아련히 풀어진 시간 너머

낮은 지붕 아래 불빛은 얼마나 아늑했는지
건널목 지나칠 때마다
기적소리 또한 얼마나 우렁찼는지
그 시절 완행열차는 다시 오지 않을 거야

자기야 돌아오는 토요일
아쉬운 대로 무궁화호 열차 타고
그때 그 기분
다시 한 번 살려 보지 않을래
아련한 기억 조각조각 이어붙이며
종착지인 목포역까지

# 주작산 넘어 저 길 끝까지

남녘은 벌써
따스한 봄바람 수혈 받은 동백꽃망울
꽃눈 비비며 부푼다

불현듯
발목에 감아놓은 오래된 길 하나 푼다
먼 길 가는 나그네는 알고 있다
처음부터 장딴지 근육
슬렁슬렁 빼야 한다는 것을
갈길 아직 먼데
주작산까지 넘어온 단단한 근육
순두부처럼 말랑하게 풀어진다
산마루터기서 불그름히 물든 노을
넋 놓고 바라보고 있는 동안
내려앉은 땅거미
금세 먹칠한 듯 허우룩한 그림자를 지운다
문득 굽이굽이 힘겹게 넘어온 마루금
뒤돌아본다
한 고비 넘으면 또 한 고비

세상살이 그렇듯 매양 순탄치 아니했지

서둘러 갈길 접고 해남읍 향해 발길 튼다
오래도록 새겨진 길의 무늬
상현달빛 환히 밝혀도 낯설다
내일이면 무른 근육 기운차게 깨어나
저 길 끝까지
활발하게 발걸음 뗄 것이다

길이 길들 모아
이제 더 이상 디딜 곳 없는 이곳이
막다른 땅끝이다
아니 어쩌면
멀고 먼 망망대해의 초입일지 모른다

# 벚꽃 엔딩

남해 왕지마을로 벚꽃 구경 갔지
요 며칠 미친 꽃샘바람 들쑤시더니
벌써 벚꽃은
단꿈처럼 하르르 지고 있었네
흐드러지도록 희붉은 입술 한번
제대로 탐하지도 못한 채

절절하면 더 애틋하지
벚나무 그늘 아래 화인처럼 찍어놓은
아릿한 연정 품어 안고
하릴없이 한나절 머무네
벚꽃 엔딩 같은 아쉬움으로
아니라네
머지않아 재두루미 혹독했던 계절 물고
제 터전으로 돌아가고
그 사이
임부복 벗어 젖힌 온갖 꽃들
알록달록 지천으로 피어나겠지
오래도록 간직한 애틋한 연정 한 다발도

화사하게 피어나겠지

먼 길 돌아
남해 금산 넘어
은모래비치 푸른 접시 위
정갈한 연정 살포시 올려놓고 돌아가네

# 빛이고 얼룩인 닳아진 이름

유독 찬란한 놀빛 속으로
기러기 떼 두 줄 그으며 사라지네

물이랑 높은음자리표로 철썩이는
가마미 백사장은
네댓 발자국만 허우룩 서성대네
고운 놀빛 속 막막하게 휩싸여
서릿발 서린 나이테
오래도록 품었던 이름 그렁그렁 묻네
한때
따스한 빛이고 얼룩인 닳아진 이름을
여물대로 여문 겨울바람
거듭거듭 물보라 일으키며
파도소리 질펀하게 귓바퀴 속 파고드네
저 소리는
속 깊이 쟁여놓은 어느 흐느낌 무르익어
스르르 풀어지는 울음이라네
다시 부르지 못할 뜨거운 이름으로
다시 울리지 못할 차가운 이름으로

# 처마 밑 오도카니 서서

한줄금 소나기가 낮은 처마 밑으로
자발스런 걸음 밀어 넣는다
비릿한 밤꽃향기 스멀스멀 밀어 넣는다
처마 밑 오도카니 서서
쫑긋 세운 귓바퀴 활짝 열어두고
비긋기 기다리는 동안
찰방찰방 튕기는 낙숫물 연주소리
그대 속삭임처럼 감미롭다
젖은 발등 타고 떠오르는
먼발치로 흩어지도록 내버려둔
빗발치는 기억도
단꿈 꾸듯 감미롭다
팔짱 낀 팔뚝으로 오돌 도돌 돋은 소름
처마 밑 오래도록 묻어두고
이제야 고운 눈웃음 새록거린다

홀로 돋은 소름 자국
눈물샘 흠뻑 적신다

# 새벽기차

배고픈 잠 깨워
서둘러 새벽기차에 몸 싣는다
자발스런 두발이 꼭 쥔 시간
철거덕철거덕 풀어진다
초롱한 별빛 지우며
희부융히 밝아오는 화순역 지나며
빛바랜 흑백사진 몇 점
텅 빈 객차에 서둘러 동승한다

어렴풋한 기억의 덩굴손
염포 솔버덩으로 갸륵하게 뻗어나간다
그곳은
화덕처럼 이글거리는 노을의 서식지다
애잔한 그대 눈빛 그러모아 슬어놓은
아리따운 서식지

두 계절이 몸 섞어
차창에 완강하게 달라붙은 성에꽃
벌교역 코앞 두고

그제야 동살로 잘금댄다

조각조각 이어 붙인 기억도
따라서 잘금댄다
낡은 기억을 여러 번 갈아타야
갈 수 있는
네게로 가는 길 아득히 멀다

# 맑은 울음주머니 풀어놓은 여름

여름은 벌써
달아오른 열기 후덥지근하다
지루한 장마
주룩주룩 빗줄기 이제 겨우 힘 빠졌어
이제부터 쨍쨍한 불볕더위
여름 한철 내내 사냥해야겠네
맑은 울음주머니 풀어놓은 쓰름매미
절박한 떼창 절정이야
목덜미 새겨진
구릿빛 여름 무늬 이글대며 들끓고
송골송골 맺힌 땀방울 식히는
장대비 한줄금 간절하지
하지만 안달복달하지는 마
두어 달 남짓 동안
거센 태풍
서너 차례 족히 휩쓸고 지나갈 테니까
그 사이
맑은 울음주머니 바닥 드러내고
맥 놓은 뭇별들 총총 빛 발하겠지

빳빳이 곧추세웠던 싱그러운 여름

무르익어

알록달록한 계절 돌아오겠지

그때쯤

오래도록 가슴속 묻어두었던

절절한 네 흔적 애써 지워야겠네

# 화사한 옷가지 벗어놓고

얼레빗처럼 성근 나뭇가지 위로
늦가을 햇살 쥐꼬리만큼 내려앉네
마른 이파리만 쉼 없이 팔랑거리며
떨구지 못한 애틋한 미련
이제 놓아줘야 할 때가 되었나 봐
생떼같이 손사래 치는 혹독한 계절 앞에
소소리바람 등에 얹혀
마지막 한 방울까지
정갈한 붉은 피 울컥울컥 죄 토하며
마침내 제 갈 길로 돌아가는 거지
알록달록
화사하게 피운 꽃타래 훌훌 벗어놓고
황홀하게 썩기 위해
빛바랜 낙엽
시나브로
더 깊은 곳으로 곡진하게 내려앉네
저 서릿바람이
여태껏
가슴 저미며 움켜진 미련 한줌마저
탈탈 털어버리며

불꽃처럼 타버린 꽃 찌꺼기
말끔히 쓸어 담네
그때
추적추적 첫눈 내리네
진눈깨비 섞여 물크러진 첫눈이

이제 혹독한 계절 물고
남녘 향해
재두루미 날개깃 소슬히 펼치겠지

# 서로 다른 울음 무늬

막배 떠난 녹동항 자못 한산하다
무료한 짬 틈타
선창가 선술집까지 줄기차게 따라온
외딴 그림자 끌어 앉힌다
눈물샘 그득 찰랑한 기억 쟁여놓고
깊은 상처 덧날까봐
함부로 들쳐보지 않은 울음 뇌관
먹먹하게 불 당긴다
벌써
타인의 계절로 환승한 색 바랜 그림자
울음으로 씻어내는 사이
우연히 낯선 울음과 마주 앉는다
저마다 깊은 상처 으깨며 만발한 울음
질펀하게 반죽덩어리 빚는다
뭉근하게 고아진 서로 다른 울음 무늬
칡넝쿨처럼 엉켜
눈물 탑 꺼이꺼이 세운다
오래도록 썩지 않은 아린 기억

야무지게 긁어대며
목 놓아 우는 울음 후련하다
들창 밖으로
들먹이는 어깨
포근히 보듬어주는 함박눈
북받치는 울음처럼 소복소복 쌓여가고
한겨울밤 불콰하게 깊도록
깎고 깎아도
사마귀처럼 도도록 돋아나는
울음 그늘 환하다

# 기다리는 시간이 더 애틋한 연서

연서는
답장을 기다리는 시간이 더 애틋하지요

김제역 지나니 차창 밖으로 보이는
서릿바람 스친 너른 들판 꽤 야위었네요
지금 나는 순천으로 가는 객실 앉아
정겨운 사연 도란도란 적어 봅니다
마음 담아 쓴 연서 받아들고
입 꼬리 살포시 들어올리며
당신 얼굴로
함박꽃처럼 환한 미소 지었으면 좋겠어요
이 글을 쓰고 있는 지금 조금은 쓸쓸하게
조금은 정겹게 스쳐가는 소소한 배경 같은
당신의 미소와 함께하고 있지요
송정리 지나칠 쯤
힘차게 기적소리 울리네요
저 기적소리처럼
당신의 영혼 울리고픈 문장 이리 어려운지
쓰고 지우고 또 쓰고 지우며
속마음 온전히 전하지 못할까봐

못내 말없음표로 띄워 보냅니다
넋두리처럼
두서없는 시간 홀쩍 지나가고
벌써 순천역 코앞 두고 있네요

그래도 첫눈 오기 전까지
당신의 반가운 연서 간절히 기다릴 겁니다

# 뼛속 시린 겨울바람

매서운 계절 겨우 초입인데
바람 한 채씩 깃든 가지마다
헛헛한 알몸으로 구슬피 울음 울어
다소 피학적이지만
언 볼따구니 후려치는
얼얼한 겨울바람이 난 좋아
저 바람이 얼마나 매서우면
창백한 낮달조차
밑턱구름 사이로 시린 손 찌르고 있네
메마른 심장 화색 돌기까지
이 계절 힘겹게 이겨내야 해
뼛속 시린 바람찬 계절을
바람난 애인도 없이

곱은 귓불 어루만지며 따분한 계절
지나가면
봄날 동화처럼
푸른 새순 선물처럼 새록새록 돋아나겠지
그때쯤 아리따운 새 애인도
선물처럼 찾아오겠지

# 무서리

얼레빗처럼 성근 나뭇가지 위로
늦가을 햇살 쥐꼬리만큼 내려앉네
마른 단풍잎만 쉼 없이 팔랑거리며
떨구지 못한 애틋한 미련
이제 놓아줘야 할 때가 되었나봐
생떼같이 손사래 치는 혹독한 계절 앞에
소소리바람 등에 업혀
마지막 한 방울까지
정갈한 붉은 피 울컥울컥 죄 토하며
마침내 제 갈 길로 돌아가는 거지
알록달록
화사하게 피운 꽃타래 훌훌 벗어놓고
황홀하게 썩기 위해
빛바랜 낙엽
시나브로
더 깊은 곳으로 곡진하게 내려앉네
저 서릿바람이
여태껏
가슴 저미며 움켜쥔 미련 한줌마저

탈탈 털어버리며
내심 그러해도
높바람 이는 늦가을 어스름 속
펄떡이는 심장 묻어두고
적막한 그림자 홀로 드리우면
환한 아이섀도우 말끔히 지운
그믐달빛 같아 휘영하네

# 피었다 지는 다홍무늬 만다라

남녘은 벌써
따스한 봄바람 수혈 받은 동백꽃
울컥울컥 생피 토하며 툭툭 목 꺾고 있다

한 타래 감아 놓은 남녘 길 꺼내
진종일 풀어가며 여기까지 왔다
여자아이 초경같이
섧도록 뜨겁게 쏟아놓은
이 길 따라 이제부터
온갖 꽃들 지천으로 피고 질 것이다
한달음으로 먼 길 돌아와
비단 동백꽃만 보려 한 것이 아니어서
시간 벌어
다도해 너머
찬란한 노을 만 평 곁들어 품는다
뉘엿대는 노을 받아
다홍치마 곱게 차려입은 올망졸망한 섬들이
탐스런 동백꽃으로 핀다
아니 진다

까치노을도 오롯이 피었다 진다
달달한 뒷맛 취해 지정거리는 동안
거뭇거뭇 핀 어스름이
피었다 진 다홍무늬 가슴속 슬쩍 찔러주며
삭연한 등 떼민다

불쑥 돋은 하현달
아스라이 접어놓은 까막길 환히 펼친다

# 화사한 계절 몰락하는 간절기

야위어진 햇살 애처롭다
화사하게 화장한 산색 말끔히 지워졌다
풀벌레 울음소리 그새 싹 사라졌다

한바탕 축제 끝낸 앙상한 가지마다
워석대는 소리만 품은 떡갈잎
애애처처하게 수위 높여 울음 운다
조락의 계절은
화사한 오방색 애잔히 벗어놓고
뼛속 시린 서릿바람한테 길 터준다
열나흘 달빛 환해서 더욱 쓸쓸한
이 계절은
야윈 어깨 드리운 제 그림자 길동무 삼아
바스러지는 낙엽 디디며
겨울로 가는 발길 재촉한다
숭숭 뚫린 달빛 울담은 휑해서
헐벗은 우듬지마다
밝은 달빛 한 채씩 나누어준다
그 길 위로 깊을 대로 깊어진 몽상 한타래

주저리주저리 풀어놓는다
꿈결같은 몽상은
달그림자 드리운 내 혼의 그윽한 안식처다
그리해도
이렇게 고적한 밤이면
뉘라도 온기 나눌 포근한 사람이 그립다

# 초가을 단상

불볕더위 사르며
조롱조롱 피고 지던 능소화
마지막 피운 꽃송이 툭 떨어졌다
악쓰며 고성방가 내지르던
말매미 울음소리 뚝 그쳤다
벌써
홑이불 속 새벽 한기 으스스하다
청명한 하늘자락으로
알록달록 고운 무늬 수놓으며
보드라운 손길로 다독여주는 가을이다
들꽃 향기 저만치 퍼트려오고
건들바람
낮은음자리표 펼치는 초가을이다
그렇게 더운 숨결 토해놓은 계절은
실팍하게 여물어 가는데
슬렁슬렁 저물어가는 내 계절은
벌써 된서리 맞은 늦가을이다

___ 제3부

# 장대비 발짝

한 섬 지고 온 매지구름
가락국수처럼 가닥가닥 뽑는다
산정호수 딛는
장대비 발짝 경쾌하다
덩달아 쫄딱 젖은 내 발짝도 경쾌하다
한바탕 굵은 빗발 후드득 긋고 나니
들큼한 땅내 콧등 얹혀 간질이고
그 사이
알록달록 무지개
주작산 너머 덧거리처럼 걸린다
다시 참매미 울음소리 처절하다
언제 그랬냐는 듯 쨍쨍한 지옥 불
삐질삐질 목덜미 따갑게 얹는다
아쉬운 대로
솔개그늘이라도 한 겹 걸쳐야겠다
쨍쨍한 지옥 불속
늘어진 신경줄 바짝 조이며
그곳서
은하수처럼 반짝이는 고요 한 동이
싱싱히 길어올린다

# 떨떠름한 여윈잠

송호마을 허름한 민박집
양철지붕 위 콩 볶는 소리 요란하다
슬며시 잠결 스민 저 소리
여윈잠 깨운다
한줄금 소나기 세찬 발길질에
앞마당 풋감 투둑투둑 떨어진다
눅눅한 숨결 이리 뜨거운데
가는귀 속 파고드는 호쾌한 소리들로
풋감같이 떨떠름한 여윈잠
방문 활짝 열어 제친다.
세찬 빗줄기 잠시 머춤한 사이
목 풀린 참매미 야무진 울음소리도
속없이 여윈잠 거든다
이미 멀찌감치 달아난 잠
호젓하게 툇마루 걸터앉는다
해종일 시화도 향해 밀려가고 오는
쾡한 파도소리도 불면으로 칭얼댄다
왁자한 소리들 여전한데
초롱한 별빛

얼핏얼핏 제자리 찾아 돌아온다
아무래도 오늘밤은
잠들지 못하는 애꿎은 여윈잠 벗 삼아
밤도와
여름 문장 빼곡이
수첩에 적어놓아야겠다

# 산골 나그네

낯설고 물설은 타향 땅을
오늘도 발길 닿는 대로 황소걸음 걷는다
딱히 서두를 것 없는 눈초리가
활짝 핀 구절초 희롱하거나
여기저기 해찰부리는 것이 하루 일과다
흑산도 해안도로 깊숙이
정처 없이 내딛는 발길의 종착지는 어디일까
길을 접고
종착지까지 다다르도록 알 수 없는 저 길은

잎새마다 활활 불 지핀 깊은 산골
타박타박 걷는 사이
흑산도 너머로 어느새
소스라치며 깨어난 노을 곱상하다
한참동안
까무룩 정신줄 놓는다
단꿈 젖은 발길 퍼뜩 깨어나
눈에 밟히는 노을 주섬주섬 챙겨 넣고
땅거미 내려앉은 진도 쪽으로 길 잡아

어둑히 오소재 넘는다

멀리로 두어 척 집어등
어머니 손짓처럼 반짝이는데
집으로 돌아갈 길 까마득 멀어지고
오늘은 어느 곳에 정처 꾸리나

# 고요로운 새벽이 길 깨워

두륜봉서 월출산 거처 제암산으로
들러들러 이어지는 여정 벌써 닷새째다

샛별 빛 아직 초롱초롱하다
단단한 어둠 어슴푸레 풀어지는
싱싱한 꼭두새벽이다
오늘도
천관산으로 고단한 걸음 밀어 넣는다
벌써 산마루터기 민둥하고
목깃 여미는 새벽공기 으스스하다
온 산은 절정의 빛깔 서린 가녀린 숨결
오돌오돌 조아리며
겨울 채비 서두르고 있다
깊을 대로 깊어진 등 시린 계절 앞에
며칠째 뜨겁게 삶을 깁는다
환희대 너머 우중충 구름 걸리고
금방이라도 첫눈 내릴 낌새다
지친 발길 보듬어 줄 포근한 첫눈이
못내 가슴속 새겨진 서글픈 눈빛

말끔히 지우지도 못한 채

이쯤서
서둘러 머나먼 길 접는다

길 나서면 그때부터
돌고 돌아 떠나온 곳을 향한다

# 가을장마

팔월 하순
똬리 튼 매지구름 물주머니 터졌다
며칠째 보송한 햇살 닥닥 긁어모아도
고작 한 종지밖에 되지 않는다
귀잠 깨우는 알람소리
게슴츠레한 눈망울 어둑새벽 밀어 넣는다
날궂이 하듯 웅석봉 오르며
장맛비가 연주하는 빗방울 소리
추적추적 귓바퀴 속 경쾌하게 감는다
한줌허리서
지리산자락 휘감아 도는 경호강줄기
넘실넘실 흘러가는 황톳물 굽어본다
아득히 흘러온 시간 너머
목젖 걸려 불어터진
가물거리는 어느 눈빛도 굽어본다
둑둑 터진 그리움
가슴팍까지 야무지게 차오른
빗발치는 눈빛 애써 추스른다
마뜩잖은 가을 장마철

달개비꽃 그나마 지천으로 곱다
가을장마 그치면
마중할 채비도 없이
계절은
여름서 가을로 느닷없이 환승할 것이다

# 찬란한 고립

남녘은 벌써
뜨거운 피 흡족히 수혈 받아
동백꽃망울 정성스레 부풀린다
흩날리는 눈발 어깨 인
해제반도 끝자락으로 가는 길
가뭇없이 두봉산 사라지고
어느새 소복소복 쌓여가는 함박눈
이십여 리 길마저 말끔히 지운다
소담스런 눈발 속
막막한 발길 외따로 고립무원이다
바람소리 숨죽이고
마른 삭정이조차 하느작대지 않는다
그 흔하디흔한 온갖 소리들
감쪽같이 사라진
얼마 만에 맛보는 찬란한 고립인가
뜻밖에 맞이한 반가운 애인처럼
축복받은 폭설 위
환장할 고립 켜켜이 쌓아진다
저녁나절 드리운

초경 빛 노을 앞산마루 설핏 걸리는데
눈발 아직 쌩쌩하다
두봉산 언저리만 발밤발밤 헤매다
저문 발길 따라 묻어온
찬란한 고립 끌어안고
읍내 여관서 흡족히 더불어 눕는다

# 한 폭의 풍경

나는 오늘 한 폭 풍경이 되기로 했어
등산화 벗어놓고
자발스런 걸음 죽여 놓고
망부석처럼
너럭바위 위 동그마니 걸터앉아
새록새록 부활하는 새잎같이
꽃눈개비 날리는 벚꽃같이
한 폭 풍경이 되기로 했지
싱그러운 사월의 문장 번듯하게 탈고한
청류동 계곡서

해종일 굳은 관절 풀어가며
그저 빈둥댔을 뿐인데
먹먹한 마음눈 말끔히 헹궈지고
벚꽃 한 송이 피워 올릴 사월의 불꽃
가슴 열려 지펴지네
그렇게 어스름이
내 그림자 대지 위 뉘일 때까지
듬뿍 사려넣은 연둣빛 눈동자 떼밀 때까지
눈부신 한 폭 풍경이 되어 있었지

# 권태

흡연실은 애꿎은 담배연기로 자욱하다

버려졌는지 잊었는지
제주공항 컨베이어벨트 위 캐리어 하나
벌써 열아홉 번째 지루하게 돌고 있다
결항결항결항결항결항결항결항
전광판은 앵무새처럼 재재거린다
북적대는 대합실 한구석 붙박인 장년
연신 하품 해대며
턱 괴고 삐딱하게 앉아 있다
살짝 찌푸린 주름살 사이 나른함이 고인다
느슨하게 풀어헤친 셔츠
싱그러운 물방울무늬
가는 세월 쓸려 제법 색이 바랬다
이순 너머 여정 속으로
제철 맞은 뿔난 남서풍
풍향계 빠르게 돌리고
따분한 오후 살라먹는다
바람의 거친 사생아
내일도 기약 없이

# 몽상 속 산책

새벽 네 시 오십 분
밤새 뒤척이던 토막잠
벌써 십리 밖으로 훌쩍 달아났다
동짓날 코앞 둔 꼭두새벽 이리 더디 오는지
배고픈 잠 저만치 밀쳐두고
딱히 갈 곳도 없으면서
개켜놓은 겉옷 주섬주섬 꿰어 입는다
새벽안개 마중 나와
천 개의 대나무 숲으로 발길 이끈다
섬진강 늑골 사이서 새어나온 안개는
발목 뭉개진 채
실상 없이 떠도는 영혼이다
헛된 몽상같이
사로잡힌 몽상 속으로
짙은 안개 자우룩이 들어찬다
늘 갈 수 없는 길 너머를 꿈꾸는 안개는
몽상의 배다른 형제다
한가로이 섬진강가 기대어
스멀스멀 피어올라

까무룩 지워버리는 몽상과
젖은 몽상 터질 듯 한껏 부풀어 오른다
저 몽상이
길 너머 풍경 흡족하게 사려 넣는다

가슴지느러미 활짝 펼친 새벽안개는
간단없이 솟아나는 몽상의 화수분이다

# 구름바다 상영관

구절초 꽃자리마저
홀홀 털어버린 스산한 늦가을
사성암 산문 열고 들어서면
섬진강서 품어 올린 기깔난 구름바다
대형화면으로 보여주는 상영관 있지
어둑새벽이라 그런지 객석은 텅 비었어
동녘하늘 샛별 빛 아직 초롱하고

지리산을 필두로
아흔 아홉 골짜기를 채우며
파노라마처럼 펼쳐진 구름바다 천만 평
사방팔방 호사스런 눈길 주네
지상으로 깔아놓은 푹신한 구름바다 위
밤새 떠돌던 영혼 뉘여 놓고
꿈인 듯 생시인 듯
달달한 꿈결 취해
두어 시간 후딱 지나가네
까무룩 정신줄 놓고 있는 사이
한껏 피워올린 구름바다

한 올 한 올 풀어지네
엔딩 크레딧 끝나고
동살 잡혀
구름바다 상영관 환히 밝혀도
벅찬 감동 취해
아쉬운 눈길 쉽사리 거둬지지 않네

# 부다듯한 여름 단상

부다듯이 쏟아지는 불볕 화살 머리 이고
거제 망산 향해
지며리 걸음 내딛는다

바람의 갈기마저 접은 화덕 같은 한낮
등줄기 타고내리는 땀방울
시나브로 허리춤 걸려 찰랑하다

더위 먹은 길가
핏빛 물든 술랭이꽃 심드렁하다
온몸 달구는 뙤약볕
여우비 한소끔 간절하다

솔솔바람 한 필 끊어
빠질거리는 목덜미 얹고
허위허위 산허리 수십 번 돌고 돌아
이윽고 망산을 오른다

그곳서 천개의 섬 올망졸망 펼쳐놓은

고즈넉한 다도해를 낚는다
곱게 물든 놀빛 한 자락
이제야 부다듯한 심장 추스른다
충만했던 여름날은 이글거리며 흘러가고
허허바다 너머 벌써 소슬바람 인다
잠시 품어 안은 저 놀빛
바다 깊이 투신한다

이쯤서
몇 날 며칠 땡땡한 정강이 느슨하게 풀며
집으로 돌아갈 길을 연다

# 울음 부리기 참 좋은 곳

그곳으로 가봐
혹여 자란자란 울음 고이면
그곳은 울음 부리기 참 좋은 곳이지
듬뿍 머금은 울음 새어나오지 못하도록
높다랗게 솔버덩 방음벽 세워 놓았으니까
굳이 어느 계절을 택한다면
들뜬 기분
차분히 가라앉은 삼월 초순이면 더 좋겠지
가보면 절대 실망하지 않을 거야
거친 파도소리가 한 섬 짊어진 만발한 울음
소란스럽게 묻어줄 테니까

꺼이꺼이 현을 켜고 있는 이 울음
평생 고칠 수 없는 고질병이지
벌써 찰랑하게 울음 가득 고여 있어
그곳으로
흥건한 울음 부리러 다시 가야 해
갈매기 무리도 지금쯤
끼룩끼룩

질펀하게 울어대고 있을 거야
꺼이꺼이
북받쳐 오른 울음이야말로
깊디깊은 상처 오롯이 봉합해주는
친절한 집도의니까

# 해거름서 갓밝이로

느지막이
금오산 타고 내려오니
노루꼬리만큼  짧은 어둑발
금세 길을 감춘다
어디로 가야 할지 모르는 발길
한참동안 우두커니 서 있는 사이
펼쳐놓은 수많은 길들이
단단히 부여잡은 세월 물고
덧없이 흘러간다
퍼뜩 깨어난 발길
남해대교 건너 보리암으로 길을 잡는다
수북이 쏟아놓은 헐벗은 가로수 길로
타박타박 걷는 이 길은
길 너머 길 뭉클하게 풀어놓은
내게로 가는 길이다
피핍한 삶 화사하게 수놓으며
내게로 가는 길
휘황한 보름달빛 물색없이 스며
해거름서 갓밝이로

밤도와 걷는 내내 장딴지가 환하다
이윽고 다다른 망산서
종종거리는 발길 뿌듯이 아퀴 짓는다
그때 별무리 총총 사라지고
욕지도 너머 갓맑은 먼동이 튼다

성난 파도 한결 높아지고
혹독한 계절은 벌써 겨울 쪽으로
한 발짝 깊숙이 들여놓는다

# 따뜻한 취기

1002해안도로서 2024해안도로로
며칠째 이어진 지척거리는 다리 이끌고
밤안개 자욱한 남해 금산 넘어
미조항으로 곤한 걸음 밀어넣는다

허름한 선술집 바람벽에 걸려 있는
마지막 남은 달력 한 장
바짝 마른 담쟁이덩굴손처럼 추레하다
선술집은
허탈한 한해 폭탄주 섞어 마시는
취객들로 와자하다
그 들뜬 분위기 얽섞여
서너 잔 소주 단댓바람 비우니
컬컬한 목젖 개운하다
홀로 술잔을 기울이는 것은
타는 외로움이
다정한 눈빛과 한데 섞는 일이다
떠올리면 눈물이 먼저 그렁해지는 눈빛을
간단없는 파도소리 내 맘 아는지

작부처럼 바짝 다가와 앉는다
한껏 달아오른 얼근한 술기운
비워진 술병처럼 허허롭다
어느새 종종걸음 치며 지나와
비정하게 떠날 채비 서두르는
송년의 길목서
뭉클한 눈빛만
안타까이 매만지고 있다

# 알섬들이 사는 노을 마을

고장난 진도여관 입간판
유혹하듯 찡긋거린다
꽃무늬 몸빼바지 게슴츠레 맞이한다
고삐 풀린 비바람 밤새 구시렁대더니
새벽녘 되어서 겨우 귀잠 들었나 보다
덩달아 툴툴대는
허름한 홑창에 얹힌 토막잠
온밤 내내 외딴섬 홀로 떠돈다

냉랭하게 길들여진 바람이
어젯밤 우아하게 깔아놓은 낙엽 길 따라
주저거리는 발길 돌려세워
서망한 향해
놀빛 심지 밝게 돋우도록 이어지고
뭉클한 노을 마을은
팽이갈매기 끼룩대는 소리만 오롯이 품은
고묵은 알섬들이 산다
태어날 때부터 우리도
빈약한 두 어깨

천형의 고독 가혹하게 짊어진
알섬 같은 외돌토리 아니었나
등 기댈 곳 없는 외돌토리

지상의 모든 길들 끊어진
알섬으로 가는 길 아득히 멀다
어찌 보면
정박지를 모두 허물어버린 나도 알섬이다
진도에서 사나흘 외롭게
올망졸망한 알섬 중 하나가 될 것이다

# 길들도 저마다 무늬를 지닌다

지상을 환히 밝히며
맹렬히 타오르는 꽃불 무늬
수굿이 숨 고른다

꼭두새벽부터 서두른 발길
인이 박힌 지리산 마루금 이슥토록 넘어서
진주행 버스 속 직립한 몸 꺾는다
고단한 무릎 우두둑 신음소리 낸다
한적한 교차로 드문드문 지나칠 때마다
자욱한 밤안개 뒤덮은 가로등 불빛
차창 밖으로 쓸쓸히 스쳐간다
곧은길이거나 에움길이거나
무수한 길들도 저마다 무늬를 지닌다
그 길들이
내딛는 발자국마다 다채로운 무늬를 입힌다

폐부 깊숙이 지른
어느 알록달록한 무늬 하나
남루한 기억 저편 너머
살그머니 빗장 푼다

____ 제4부

# 당신의 눈물은 언제 노래가 되지

너무 아파서
당신의 눈물 노래가 될 수 없어

야윈 어깨 습자지 같아
순하디 순한 눈물 훤히 보이지

독 품은 치명적 연애
눈물 한 동이 짊어진 어깨 꽤 야위었구나

속울음 그렁하게 넘쳐
꺼이꺼이 어깨가 흐느껴

무르익은 눈물은 기도야
맹독마저 말끔히 씻어 내리는 순결한 기도

한 다발 눈물 꽃
두 손 모아 고결하게 받들고 있어

눈물로 오래 묵히면
감미로운 노래가 되지

# 룰루랄라 즐거운 연애

그래 우리는 처음부터 익명이었기에
룰루랄라 즐겁게 연애할 수 있었지
혹 불면 날릴 것같이
깃털처럼 가벼운 연애를
이제 두어 달 갓 지난 연애
반년 정도는 이대로 지속할 수 있을까
고상한 언어 빌어
우리 연애를 한 문장으로 뜻매김한다면
늑대꼬리와 여우꼬리
엉치뼈 밑 깊숙이 감춘 채
무뇌아처럼
오직 성감대만 탐하는 말초적 교합이다 라고
간혹 기분 내키면 선물도 주고받겠지만
밀월여행 따위 맹세코 꿈꾸지 않아
어차피 우리 관계는 정액 묻은 티슈처럼
언제든 쓰레기통으로 버려질 테니까
너도 약삭빨라 눈빛만 봐도 훤히 알겠지만
다시 한 번 확실히 짚어줄게
혹여 침상서 신파조 같은 사생활
시시콜콜 나불대는 것은 절대 금물이야

우리 같은 족속은 무책임이란 단어가
십 년 동안 즐겨 입는 옷처럼 잘 어울리잖아
오로지 예민한 곳 핥짝대는 혀뿌리와
땀범벅 된 몸뚱이로 더럽혀진 침상이
우리들의 고결한 성전이지
그치 너도 목숨 걸고 어쩌고저쩌고 하는 말
너무 진부하지 않니
그것 봐 우린 서로 죽이 잘 맞으니까
목숨 걸지 않아도
불량한 성교 흡족히 할 수 있는 거야
어차피 영혼이나 사랑 따위 심오한 단어는
한번 쓰고 버려질 콘돔 같은 거잖아
어때 이만하면 우리 관계도
꽤 그럴듯하지 않니
그 사이 싫증나면 어떡하냐고
에그 휴대폰 번호만 슬쩍 바꾸면 돼
내가 먼저 싫증나도 그럴 테니까
참 오늘 오후 두 시에 만날까
그 모텔서

# 겨울바다 랩소디

저녁바다는 즐겨 입는 꽃분홍 란제리
요염하게 걸치고 있어
후끈 달아오른 핏빛 노을
이글이글 끓어오르네
겨울바다는 헐렁한 수평선 바짝 쪼여주는
야무진 괄약근 있지
시시때때로 따분한 낮빛 먹어치우는
단단한 이빨도 있고
드러난 갯바위 사정없이 들이받는 파도
성난 황소 뿔이야
해종일 으르렁대는 그 뿔에 받칠 때마다
숨넘어갈 듯 울부짖으며
자궁 깊숙이 뿜어 나온 불보라
질펀하게 흩날리네
한 획으로 수평선 저 끝까지 펼쳐놓은
살부드러운 윤슬
고조로 오르가즘 오른 정부처럼
눈꺼풀 까뒤집으며 까무러지고 있네
그렇게 사타구니 사이 슬어놓은 얼룩

결코 지워지지 않은 먹물뜨기였지
남녘하늘로 오리온자리 총총 떠오르고
열사흘 달빛도
살갑게 치마끈 풀고 있어
그때 경로를 이탈한 별똥별
고양이 푸른 눈망울처럼
부시게 밤하늘 긋고 지나가네

# 성인이 읽는 동화

헐벗은 나뭇가지 사이로
화장 지운 상현달 코끝 시리게 걸려 있어
다정히 눈길 주며 잠시 멈춰 서서
희미한 낮달 그윽이 바라보네
빛이 빛으로 탈색된 해쓱한 낮빛은
성인이 읽는 동화지
제단 위 성물처럼 올린 낮달 바라보며
게으르게 동화를 읽네
낮달은
발광체를 잃어버린 영혼 없는 낮빛이지
드넓은 창공 헛딛는 창백한 발목이고
꼬리지느러미 흔들며
서녘으로 날아간 낮달
어스름이 점화된 동산 위 부풀고
제 낯빛 찾아 돌아온 그 옆에
착한 동화처럼
어슴푸레 드리운 그림자를 누이네
스스로 발광할 수 없는 그림자를
차오른다는 것은
다시 기울어질 것을 예고하지만

보름을 이틀 앞둔 상현달 바라보며
발광체로 빛나던
포근한 네 품속 간절해
가까이 다가가기엔
너무 낯선 네 품속이

# 악마의 묘약

흠뻑 취해버릴 거야
목젖이 목말라 하는 악마의 묘약을
두 번째 소주병 따는 소리 경쾌하지
타는 목 타고 내리는 꼴깍이는 소리도
품격 높여
신묘한 묘약 한소절로 표현한다면
문드러진 가슴속
썩은 고름 말끔히 씻어내는 일이지
얼근한데 소주병이 자꾸 날 유혹하네
못이기는 척 기어이 세 병째 소주병 따네
이제부터 술이 나를 마시지
풀어졌던 매가리 발랄해지고
간덩이 퉁퉁 부어오르지
그런데 저 발랄이 꼭 문제야
벌써 흥겨운 발랄이 시키는 대로
순례지 따라 으레 노래방으로 포장마차로
자정 무렵까지 질질 끌려 다니지
시하 엄동설한인데
무장무장 깊어가는 겨울밤
비틀비틀 집으로 돌아가는 길

코빼기 삐틀어져도
취기도 추운지 외투 깃 바짝 세우네

희끗희끗 눈발 날리고
굳은 관절 풀리기까지
겨울 그림자
아직 단꿈 흠뻑 취해 있어

# 봄색을 탐하다

어녹이치던 엄동설한 바로 엊그제 같은데
푸근한 햇살 다발 담금질로
부푼 봄색 근질대는 몸 풀고 있어
는실난실한 자목련 가지마다
스무 살 처녀 젖통같이
땡땡한 봄 화들짝 발기하네
열병 앓듯
제 풀에 달궈진 저 꽃봉오리 좀 보아
하릴없이
요염한 자태 살포시 밀어 올리며
층층이 쌓아올린 탐스런 꽃불 탑
한창 으리으리한 꽃대궐이야
직지사 담 모퉁이 우두커니 기대어
활짝 핀 자목련 넋 잃고 바라보다
자줏빛 립스틱 듬뿍 찍어 바른 봄색
환장한 듯 허겁지겁 탐하네
아늑한 꽃그늘 아래
그저 눈 비비며
화사한 봄색 허겁지겁 탐했을 뿐인데

덩달아 내 입술도 립스틱 자국 선명하네
칠흑 같은 초하루 밤에도
환하게 켠 꽃 전등
경내 밝게 비추어 주겠지

겨울 내 메마른 가지 낭창거리고
황홀한 봄색 깊숙이 들어앉네

# 환상통

희미해졌다고 믿었는데
귓불 아직 뜨거워
눈 뜰 때마다
곁에 누었던 흔적 따스하고
가물거리는 숨결 너무 야속하기에
발정 난 가슴 너덜거리도록
지금은 쥐어뜯을 뾰족한 손톱 필요해
그리하여
흥건한 눈물 토닥이며
지긋지긋한 불면 지속할 거야
깊은 숨 몰아쉴 때마다
뜨거운 네 숨결 울컥울컥 토해냈지만
귓바퀴 속 쟁여놓은 간드러진 목소리
도무지 풀릴 기미조차 없어
석삼년 지나도록 이악스레 뿌리내린 외사랑
조금도 차도가 없고
그러기에 너의 뒷모습 보기 위해
함께 거닐던 망해사길
오늘도 이렇게 기웃대고 있지 뭐야
이런 제기랄

# 찔레꽃 연정

꼭 찔레꽃 같았어
곰살갑게 콧등 간질이는
달보드레한 향기는
그때는
가시덩굴 감싸 안아도 아픈 줄 몰랐어
바탕 깊은 향기
한없이 길어 올려도 마를 줄 몰랐어
가지가지 핀 고운 연정
심장 속 찔레향기 봉인된 뒤 알았지
절여진 울음 한 장독 채우지 못하면
뼈센 가시만 남아
더운 심장 꾀꾀로 찔러대는 것을
가시에 찔릴 때마다
울컥울컥 풍기는 향기
평생 지워질 것 같지 않아

그래서 난
넌더리가 나

# 따분한 낙원

낙원은 따분하다
탁자 모서리 놓여있는 유리잔 같이
안락한 낙원은

주저거리는 발길 돌려세워
깎아지른 척수 곧추세운 달마고도로
호기롭게 길을 튼다
갈기 세운 높바람
여민 옷깃 야무지게 파고들며
꽁꽁 언 귓불 물어뜯는다
호젓하게 짓찧기는 정강이가
모진 세파 속
돌아갈 따뜻한 집이 있고
그 집에 순한 아내가 살고 있는
오손도손한 낙원
단숨에 허물어뜨린다

온몸으로
붉은피돌 세차게 돌고

얼어붙은 맥박 터질 듯 고동친다
사십여 리 너덜길 험난한 노정
짓찧기는 정강이
유황불 활활 타오르고
눈물 서린 영혼 그지없이 흐뭇하다

이윽고 소생한다
뜨겁게 심장이

# 격렬비열도

대소산 올라 작은 섬 하나 낚네
아스라이 수평산 너머
노을 한 타래 풀어놓은 외딴섬을

너는 아니
굳센 정강이 바다 속 깊게 묻고
바위너설 외따로 깎아내리며
견고한 성채 쌓아올린 외딴섬을
봄이며 칼새 날개 접고 둥지 트는
망망대해 최서단 격렬비열도를
그곳은 꽃잠 깬 명지바람 수혈 받아
동백꽃도 후박나무꽃도 만발하겠지
파랑주의보 내려진 난바다
일렁일렁 아린 기억 일으켜 세우네
너나 나나 푹 익은 눈물 그렇해도
절해고도 격렬비열도처럼
다가갈 수 없는 깎아지른 절벽이지
얼마나 더 외로이
타는 심장 후벼 파야 그 섬 닿을 수 있나
아늑한 너의 품 오롯이 안길 수 있나

그리해도
등댓불 밝히듯
그대 위해 온새미로 찬란한 빛을 빚네

아직 닻 내릴 선착장 찾지 못한 채
끊어진 부표처럼 정처 없이 떠다니는
나도 알고 보면 절해고도지

# 아프니까 연분이다

우리들의 갸륵한 연분은
오래도록 아픔으로 엮어 만든
아주 질긴 쇠심줄이지
옷깃만 스쳐도 인연이라 했는데
그리 아파하면서
우리들의 스침은 억만 번쯤 될까
쇠심줄 같은 연분
결코
고귀하거나 특별한 것은 아니지만
너를 향한 숨결 아직 너무 뜨거워
터질 듯한 심장 힘차게 펄떡거리고
처음부터 우리 연분은
그렁그렁한 눈물끼리 만남이었지
단내 나는 눈물의 만남
그러기에
뇌종양처럼 퍼진 고통 속에서도
불꽃 향해 날아드는 부나비같이
가냘픈 날개 처염하게 펼치고 있는 거야
전생에 못다 이른 몇 겹의 인연마저

애달피 끌어안으며
아무도 닿을 수 없는
아스라한 천길 벼랑 끝
모지락스럽게 새겨 넣은 천생연분 증표
오롯이 탁본 뜨네
행여 그 자국 지워질까봐

# 달빛 침상

보름 달빛 하도 밝아서
보조등마저 끈다
밀물처럼 밀려온 휘황한 달빛
비단금침 펼친다

앞뜰엔
달빛 젖은 달맞이꽃 함초롬히 꽃등 컨다
밝힌 꽃등으로 여름한철 깊어지고
보름달빛 하도 영롱해
그대 고운 눈빛마저 고이 접는다
한줄기 바람 따라 방안 가득 퍼지는
찔레꽃 향기
달보드레한 달밤조차 쓸쓸하다
비단금침 펼친 퀸 사이즈 침상
오늘따라 유독 휘영하다

내 어깨 헐거워 잠 못 드는 밤
노루꼬리만큼 짧은 하지 밤도와
휘영청 차오른 보름달빛 치마폭 휩싸여
졸래졸래 따라가야겠다

해설

# 나그네의 마음으로 그리는 눈부신 풍경
## – 김동준의 시

오홍진

    김동준은 시집의 첫머리를 장식한 「안개로 읽는 무진 기행」에서 꼭두새벽부터 싱싱한 안개를 낳는 무진을 노래한다. 짙은 안개는 멋들어진 수묵화를 그려낸다. 한 치 앞을 볼 수 없을 정도로 자욱이 낀 안개가 가뭇없이 사라질 즈음 시인은 사라지는 모든 사물에서 피어나는 그지없는 간절함을 마음 깊이 느낀다. 무언가가 생기고 무언가가 사라지는 일은 늘 흐르는 시간과 연계되어 있다. 시간이 흐르면 이것은 저것이 되고, 저것은 이것이 된다. "솔래솔래 여윈 흐벅진 장딴지처럼/ 메말라가는 생의 웅덩이"란 시구는 바로 이 문맥과 이어진다. 짙은 안개가 걷히면 싱그러운 정오 햇살이 어김없이 구김살을 편다. 안개가 사라진 저편으로 찬란한 남녘 바다가 보이면, 햇살은 벙싯대며 뜨겁게 시인의 이

123

마를 짚는다. 안개로 읽는 '무진 기행'은 이렇게 햇살로 읽는 '무진 기행'으로 변주된다. 어딘가를 가는 일에도 이미 어딘가를 떠나는 일이 스며 있다. 무진의 안개에서 발견한 시간의 역학은 이렇게 김동준의 시를 관류하는 힘으로 작동한다.

「이정표」에 나타나는 대로 시인은 그윽이 빛나는 눈 맑은 처녀성좌를 따라 칠흑 같은 밤길을 홀로 걷는다. 타박타박 발자국 소리만 호젓이 들리는 산길에서 시인은 "문득 개안이란/ 참된 깨달음이 아니라/ 깨달음조차 말끔히 지워버려야 한다는 생각"에 이른다. 개안(開眼)이란 새 눈을 뜨는 것이다. 이전에 보지 못한 것을 보려면 새 눈을 떠야 한다. 어떻게 해야 새 눈을 뜰 수 있을까? 김동준의 시는 바로 새 눈을 뜨기 위해 끊임없이 여행하는 나그네의 삶(의 여정)을 그리고 있다. 돌아올 곳이 정해진 여행이 아니다. 시인은 돌아올 곳을 정해놓지 않고 정처 없이 길을 나선다. 시간이 흐르면 무진의 안개는 햇살에 밀려날 테지만, 무언가를 찾아 떠난 시인은 도무지 그 발걸음을 멈출 수가 없다. "이정표가 인도한 길이 끝나는 그곳/ 부르튼 뒤꿈치만 외따로 남긴다"라는 시구를 가만히 음미해 보라. 길이 끝났다고 여행이 끝난 것은 아니다. 부르튼 발꿈치로 시인은 다시 길을 찾아 떠나야 한다.

정처 없는 길을 떠난 이의 마음이 어떻게 편안할 수 있을까?「막차 떠난 자리」에 표현되듯, 발길이 멈춘 곳에서 시인은 문득 "따스한 보금자리"를 상상한다. 홀로 길을 떠난 사람은 늘 적막함에 휩싸여 있다. 쌀쌀한 바람이 부는 겨울로 시간이 종종걸음을 치면 마음속 적막함은 그만큼 더 깊어진다. 채 눈이 되지 못한 진눈깨비로 좁다란 골목길은 질척해졌고, 그 길을 시인은 "갈 곳 잃은 걸음"으로 처연히 걷는다. "유랑의 습성"이 온몸에 배어 있는데도, 홀로 걷는 자의 적막함을 도무지 떨어낼 수가 없다. 시인은 그 마음으로 "가는 길 놓아야 묵어갈 수 있는 남도여관"에 몸을 부린다. 몸은 고단한데 쉬이 잠이 오지 않는다. 홑창 밖에서는 소금절은 바람 소리가 밤새 들려온다. 몸은 여관에 있지만, 마음은 보길도 부영동을 쉴 새 없이 서성거린다. "허술한 잠"이라는 시구로 시인은 가는 길을 놓은 자의 적막한 마음을 표현한다. 여행이 계속되는 한 이 마음 또한 시인 곁을 맴돌 것이다.

아무런 연고 없는 제주도서 완도로
먼 길 돌아 해남까지 와 있다
을씨년스럽게 찬바람 부는 계절은
순결한 날개 펼치듯
머지않아 첫눈 예고하고 있다
북적대는 대합실 틈새
멀리까지 따라온 흐린 기억
체납된 고지서처럼  불쑥 날아든다
오늘처럼 여러 번 노선 갈아타며
뽀얀 목덜미 어깨 위 살포시 기댄 채
땅끝까지 동행하던 까무룩한 기억이

또 다시 땅끝으로 가는 완행버스
어슬녘 갈아타고
18번 좌석 깊숙이 고단한 몸 묻는다
허전한 여정 달래주듯
달보드레한 저녁놀
차창 밖으로 뉘엿뉘엿 달라붙는다
재단장한 낡은 기억도
뉘엿하게 달라붙는다

젊은 기억이 그렁하게 수놓은 길의 무늬
그믐밤 별밭 같이 총총 빛을 발한다
그 빛으로
아물지 않은 기억 환히 밝히며
생생한 무늬 따라
땅끝까지 줄기차게 뻗어나간다
　　　　　　　　　－「내 젊은 기억의 무늬」 전문

　위 시에서 시인은 지난 시절의 기억을 불러내고 있다. 흐르는 시간은 늘 기억을 남긴다. 지난 시절의 흔적이 기억이지만, 기억은 사실 지금도 여전히 시인의 삶에 영향을 미친다. 아무런 연고 없는 제주도와 완도를 거쳐 먼 길을 돌아 해남까지 가는 기나긴 여정에서 시인은 "체납된 고지서처럼 불쑥" 날아든 흐린 기억을 떠올린다. 그때도 그는 여러 버스를 갈아타며 땅끝까지 들어갔다. 그 시절 시인은 그곳에서 무엇을 느꼈을까? 분명 무언가를 느꼈을 테지만, 지금 이 순간 그것은 흐린 기억이 되어 가물가물 연기만 피울 뿐이다. 기억이란 그런 것이다. 확연하게 떠올라 우리 몸을 떨게 만드는 건 기억이 아니다. 아슴푸레 떠올라 가슴 깊은 자리를 은은히 울리는 게 바로 기억이다. 기억은 그래서 한없이 힘이 세다.
　얼마나 시간이 흐른 것일까? 오늘도 시인은 땅끝으로 가는 완행버스를 어슬녘에 갈아타고 "젊은 기억이 그렁하게 수놓은 길의 무늬"를 따라간다. 차창 밖으로 따라붙는 "달보드레한 저녁놀"은 그때도 지금과 같았을까? 밤하늘에 빛나는 저 별들 또한 그때도 저리 환하게 세상을 밝혔을까? 그때나 지금이나 저녁놀은 하늘을 물들이고, 별빛은 밝게 하늘을 수놓았을 것이다. 다만 그 시절을 기억한 사람의 얼굴에만 시간의 흔적이 짙게 묻었다. 시간 속에서 시간을 사는 시인은 시간의 안팎을 넘나드는 저 자연이 경이롭기만 하다. 하여 그는 "그 빛으로/ 아물지 않은 기억 환히 밝히며/ 생생한 무늬 따라/ 땅끝까지 줄기차게 뻗어나간다". 시간이 흘러도 생생한 저 젊은 기억의 무늬가 참으로 아름답지 않은가.

「화사한 옷가지 벗어놓고」에도 어김없이 시간의 흐름에 순응하는 자연 사물이 등장한다. 늦가을 햇살이 내리비추면 성근 나뭇가지에는 마른 이파리만 쉼 없이 팔랑거린다. 나뭇가지에 붙어 혹독한 겨울을 날 수는 없다. 때가 되면 이파리는 땅에 떨어져 낙엽이 되어야 한다. 그 전에 정갈한 붉은 피를 울컥울컥 쏟으며 마지막 꽃불을 태우겠지만, 그것은 "황홀하게 썩기 위해" 벌이는 마지막 향연과도 같다. 시인은 "시나브로/ 더 깊은 곳으로 곡진하게 내려앉"는 이파리를 가만히 들여다본다. 자기를 내려놓는 죽음만큼 깊은 자리가 어디에 있을까? 이파리에게 죽음이란 새로운 삶으로 가는 여정 속에 깃들어 있다. 자연은 늘 생명을 낳는다. 그리고 자연은 늘 죽음을 낳는다. 생명이 피어난 자리에서 죽음이 피어나고, 죽음이 피어난 자리에서 생명이 피어난다. 화사한 옷가지를 벗어놓고 기꺼이 자기를 놓아버리는 이파리의 삶이 그 이치를 증명한다.


한 섬 지고 온 매지구름
가락국수처럼 가닥가닥 뽑는다
산정호수 딛는
장대비 발짝 경쾌하다
덩달아 쫄딱 젖은 내 발짝도 경쾌하다

- 「장대비 발짝」

낯설고 물설은 타향 땅을
오늘도 발길 닿는 대로 황소걸음 걷는다
딱히 서두를 것 없는 눈초리가
활짝 핀 구절초 희롱하거나
여기저기 해찰부리는 것이 하루 일과다
흑산도 해안도로 깊숙이
정처 없이 내딛는 발길의 종착지는 어디일까
길을 접고
종착지까지 다다르도록 알 수 없는 저 길은

- 「산골 나그네」

나는 오늘 한 폭 풍경이 되기로 했어
등산화 벗어놓고
자발스런 걸음 죽여 놓고
망부석처럼
너럭바위 위 동그마니 걸터앉아
새록새록 부활하는 새잎같이
꽃눈깨비 날리는 벚꽃같이
한 폭 풍경이 되기로 했지

- 「한 폭의 풍경」

　여행하다 보면 일어나는 일 하나하나가 새롭고 새롭다. 「장대비 발짝」에 나타나듯, 매지구름이 몰고 온 장대비를 맞으며 시인은 산정호수를 경쾌하게 걷는다. "쩡쩡한 지옥 불"을 식히는 장대비가 쏟아지자 들큼한 땅 냄새가 콧등을 간질인다. 알록달록한 무지개가 주작산 너머로 덧거리처럼 걸리고, 참매미 울음소리가 처절하게 울리면 시인은 목덜미에 따갑게 앉는 땡볕을 피해 다시 그늘을 찾는다. 어느덧 처절했던 참매미 울음소리도 그쳤다. 장대비 소리도 그친 사방은 참으로 고요하다. 그곳에서 시인은 "은하수처럼 반짝이는 고요 한 동이/ 싱싱히 길어올린다". 여행자는 천지사방으로 감각이 열려 있다. 사물과 하나가 될 준비가 되어 있다는 말이다. 장대비가 내리면 장대비를 맞고, 참매미가 울면 그 울음소리를 듣고, 사방이 조용해지면 그 침묵 속으로 기꺼이 빠져든다. 이 감각이 언어를 만나면 시가 된다. 여행자의 시선으로 쓰는 김동준의 시는 여기서 탄생하는 셈이다.

「산골 나그네」에서 시인은 낯설고 물선 타향 땅을 여행하는 자신을 '산골 나그네'로 표현한다. 산골 나그네는 황소걸음으로 느릿느릿 걸음을 옮긴다. 딱히 서두를 것도 없고, 딱히 봐야 할 것도 없다. 구절초를 만나면 구절초와 희롱하는 게 일이라면 일이다. 정처 없이 길을 떠난 나그네에게 종착지가 있을 리 없다. 발을 멈춘 곳이 종착지지만, 그곳은 다시 떠나기 위해 잠시 멈춘 곳일 뿐이다. 종착지가 없기에 나그네는 편한 마음으로 길을 떠난다. 곱상한 노을을 보며 까무룩 정신줄을 놓기도 한다. 길이 나그네를 이끌고, 나그네가 가는 길이 곧바로 길이 되는 이 여행을 바탕 삼아 시인은 시를 쓴다. 김동준의 시는 이리 보면 발로 쓰는 시라고 할 수 있다. 떠나지 않으면 그는 시를 쓸 수가 없다. 정처 없는 길에서 만난 숱한 사물들이 그를 시인으로 만든다. 종착지 없는 길에서 펼쳐지는 시작(詩作)이 그대로 종착지 없는 나그네의 인생을 반영하고 있다고 말하면 어떨까?

나그네는 자연 속에서 한 폭의 풍경이 된다. 자연을 지배하려는 인간의 욕망과는 먼 자리에서 사물을 들여다보는 여행자, 곧 나그네의 시선이 뻗어 나온다. 「한 폭의 풍경」에서 시인은 너럭바위 위에 동그마니 앉아 새록새록 돋는 잎이 되고, 꽃눈깨비 날리는 벚꽃이 된다. 잎이 되고 벚꽃이 되려면 자연을 지배하려는 인간의 욕망을 가차 없이 내려놓아야 한다. 그래야 "먹먹한 마음눈 말끔히 헹궈지"는 놀라운 기적이 펼쳐진다. 자연을 지배하려는 인간은 자연과 더불어 사는 마음을 내려놓은 지 오래다. 그들은 때가 되면 피어나는 꽃송이에 흥분하지 않고, 때가 되면 세상을 하얗게 물들이는 벚꽃에도 열광하지 않는다. 그들은 자연 속 모든 사물을 돈으로 계산한다. 이익이 되면 쓸모 있고, 이익이 되지 않으면 쓸모없는 것으로 판단한다. 이런 사람이 어떻게 "눈부신 한 폭 풍경"이 되어 자연과 노니는 나그네의 마음을 알 수 있을까?

> 그곳으로 가봐
> 혹여 자란자란 울음 고이면
> 그곳은 울음 부리기 참 좋은 곳이지
> 듬뿍 머금은 울음 새어나오지 못하도록
> 높다랗게 솔버덩 방음벽 세워 놓았으니까
> 굳이 어느 계절을 택한다면
> 들뜬 기분
> 차분히 가라앉은 삼월 초순이면 더 좋겠지
> 가보면 절대 실망하지 않을 거야
> 거친 파도소리가 한 섬 짚어진 만발한 울음
> 소란스럽게 묻어줄 테니까
>
> ― 「울음 부리기 참 좋은 곳」

> 지상의 모든 길들 끊어진
> 알섬으로 가는 길 아득히 멀다

어찌 보면
정박지를 모두 허물어버린 나도 알섬이다
진도에서 사나흘 외롭게
올망졸망한 알섬 중 하나가 될 것이다
                                – 「알섬들이 사는 노을 마을」


무르익은 눈물은 기도야
맹독마저 말끔히 씻어 내리는 순결한 기도

한 다발 눈물 꽃
두 손 모아 고결하게 받들고 있어

눈물로 오래 묵히면
감미로운 노래가 되지
                        – 「당신의 눈물은 언제 노래가 되지」


아직 닻 내릴 선착장 찾지 못한 채
끊어진 부표처럼 정처 없이 떠다니는
나도 알고 보면 절해고도지

                              – 「격렬비열도」


　「울음 부리기 참 좋은 곳」에 명확히 드러나듯, 통렬하게
울 줄 아는 존재만이 비로소 나그네가 되고 시인이 되는 법
이다. '울기 좋은 곳'은 자기 마음을 확연히 내려놓을 수 있
는 장소를 의미한다. 아무도 이 울음소리를 들어서는 안 된
다. 시인은 "높다랗게 솔버딩 방음벽"을 세운 곳에서 가슴
깊은 자리에 서려 있던 울음을 터뜨린다. "꺼이꺼이 현을
켜고 있는 이 울음"을 울고 나면 가슴을 꽉 메웠던 앙금이
시원하게 내려간다. 자기 안에 갇힌 사람은 이런 울음을 울

수 없다. 자기를 완전히 내려놓고 사물과 하나가 되는 마음으로만 "깊디깊은 상처 오롯이 봉합해주는" 커다란 울음을 터뜨릴 수 있다. 시인이 왜 이런 울음을 울려고 하는지 물을 필요는 없다. 누구나 차마 털어놓기 힘든 비밀을 하나씩은 간직하고 있으니까. 마음을 옥죄는 그 비밀을 털어놓기 위해 시인은 울기 좋은 곳을 찾아 기꺼이 길을 나선다. 드러내지 않고 어떻게 깊디깊은 상처를 치료할 수 있을까?

「알섬들이 사는 노을 마을」에는 온밤 내내 외딴섬을 외로이 떠도는 나그네가 나온다. 사방을 떠돌아도 마음속 빈자리는 쉬이 채워지지 않는다. 하긴 애초부터 채워지지 않는 자리였기에 나그네는 정처 없이 사방을 떠돌았는지 모른다. 시인의 말마따나 우리는 태어날 때부터 "등 기댈 곳 없는 외돌토리"였다. 그것을 인정하기 싫어 이런저런 관계를 맺었지만, 시간이 흐르면 그 관계는 덧없이 사라진다. 알섬으로 가는 모든 길은 끊어졌다. 설사 길이 있더라도 그리로 가는 길은 한없이 멀기만 하다. 시인은 "정박지를 모두 허물어버린 나도 알섬"이라고 선언한다. 정박지가 있는 사람은 떠돌아도 나그네가 될 수 없다. 머물 곳이 없는 사람이 될 때 그는 진정한 나그네가 된다. 등 기댈 곳을 정해놓은 사람이 어떻게 정처 없이 길을 떠날 수 있을까? 나그네에게는 길이 곧 집이다. 김동준의 시는 무엇보다 이러한 길 위에서 피어나는 한 송이 들꽃이라고 말해도 좋을 것이다.

길 위에 핀 들꽃이라고 모두 시가 될 수 있는 건 아니다. 시인은 「당신의 눈물은 언제 노래가 되지」에서 당신의 눈물은 너무 아파 노래가 될 수 없다고 이야기한다. 너무 아픈 눈물에는 맹독이 스며들어 있다. 깊은 속울음을 울어 이 맹독을 씻어내야 비로소 시가 될 수 있는 어떤 감각이 눈물 속에서 흘러나온다. 시인은 "맹독마저 말끔히 씻어 내리는 순결한 기도"로 이 상황을 표현한다. 몸/마음에 서린 맹독이란 지독한 욕망과 같다. 순결한 기도는 그러니까 지독한 욕망을 가차 없이 내려놓는 데서 비롯된다. 자기를 내려놓는 고결한 마음결에서 "한 다발 눈물 꽃"이 피어난다. 그리고 오래 묵은 그 눈물 꽃에서 감미로운 노래가 흘러나온다. 김동준은 바로 이런 시를 지향한다. 나그네가 되어 사방을 떠도는 상황 역시 이와 무관하지 않다. 그의 시를 관류하는 낭만주의적 속성은 여기서 뻗어 나온다고 보면 좋겠다.

　김동준 시의 낭만성은 「격렬비열도」에서도 그대로 표출된다. 시인은 충청남도 최서단의 절해고도 격렬비열도를 바라보며 "끊어진 부표처럼 정처 없이 떠다니는" 나그네를 떠올린다. 수평선 너머로 노을 한 타래 풀어놓은 외딴섬에 가고 싶지만, 시인은 도무지 그 방법을 찾을 수가 없다. 타는 심장을 후벼파도 그 섬에 닿을 길이 없고, 푹 익은 눈물을 흘려도 그 섬으로 가는 길은 여전히 막혀 있다. 보고 싶은 이를 보지 못하는 마음만큼 아픈 게 어디 있을까? 시인은 절해고도 격렬비열도를 보며 자신 또한 알고 보면 절해고도라고 분명히 밝힌다. 닻을 내릴 선착장 하나 없는 절해고도를 품고 시인은 지금 온새미로 찬란한 빛을 내뿜는 등댓불을 찾아 사방을 떠돌고 있다. 깎아지른 절벽이 앞을 막아서도 시인은 발걸음을 멈추지 않는다. 나그네는 끊임없이 발길을 떼야 나그네가 된다. 길이 없으면 길을 만들어서라도 발을 떼야 한다. 이토록 힘들고 외로운 길을 시인은 오늘도 묵묵히 걷고 있는 셈이다.

　우리들의 갸륵한 연분은
　오래도록 아픔으로 엮어 만든

아주 질긴 쇠심줄이지
옷깃만 스쳐도 인연이라 했는데
그리 아파하면서
우리들의 스침은 억만 번쯤 될까
쇠심줄 같은 연분
결코
고귀하거나 특별한 것은 아니지만
너를 향한 숨결 아직 너무 뜨거워
터질 듯한 심장 힘차게 펄떡거리고
처음부터 우리 연분은
그렁그렁한 눈물끼리 만남이었지
단내 나는 눈물의 만남
그러기에
뇌종양처럼 퍼진 고통 속에서도
불꽃 향해 날아드는 부나비같이
가냘픈 날개 처염하게 펼치고 있는 거야
전생에 못다 이른 몇 겹의 인연마저
애달피 끌어안으며
아무도 닿을 수 없는
아스라한 천길 벼랑 끝
모지락스럽게 새겨 넣은 천생연분 증표
오롯이 탁본 뜨네
행여 그 자국 지워질까봐

— 「아프니까 연분이다」 전문


  시인이 나그네가 되어 사방을 떠도는 까닭이 위 시에는
명확히 드러난다. "우리들의 갸륵한 연분"을 시인은 "쇠심
줄 같은 연분"으로 표현한다. 시간이 흘러도 끊어지지 않는

이 연분으로 하여 시인은 한곳에 정착하지 못하는 나그네 신세가 되었다. "그렁그렁한 눈물끼리 만남이었지"라는 시구에 드러나는바, 연분을 맺으면서 이들은 단내 나는 눈물을 펑펑 흘려야 했다. 화려한 불꽃을 보고 거침없이 뛰어드는 부나비같이 사랑을 나누었지만, 그들은 늘 "아무도 닿을 수 없는/ 아스라한 천길 벼랑 끝"으로 내몰리기만 했다. 시간이 흘러 이 사랑은 천길 벼랑 끝에 "모지락스럽게 새겨 넣은 천생연분 증표"로 남아 있다. 이 탁본을 마음에 새기고 시인은 오늘도 어딘가를 향해 묵묵히 발을 뗀다. 갈 곳이 있어 가는 게 아니다. 갈 곳이 없어도 가야 할 순간이 있는 법이다.

갈 곳이 있기에 나그네는 길을 떠난다. 동시에 갈 곳이 없어도 나그네는 기꺼이 길을 떠나야 한다. 걷고 또 걷다 보면 아무도 닿을 수 없는 천 길 벼랑 끝에도 어느덧 길이 생긴다. 김동준 시의 낭만성은 바로 이 자리에서 뻗어 나온다. 시집의 표제작인 「칙칙폭폭 그 옛날 완행열차」를 따르면, 그것은 느린 시간의 미학과 밀접하게 연동되어 있다. 느린 시간은 속도를 중시하는 문명을 거부한다. "쇠심줄같이 질긴 인연"이란 느린 시간이 주는 선물과도 같은 것이다. 김동준 시에 등장하는 나그네는 무엇보다 느린 시간의 미덕을 온몸으로 체득한 낭만적 인물이라고 할 수 있다. 나그네가 된 시인은 오늘도 그 옛날의 완행열차를 타고 다시 오지 않을 그 시절을 상상할 준비가 되어 있다. 완행열차처럼 느리게 흐르는 시간을 품고 어디든 걸어가는 나그네의 이 마음/기억이 시(詩)가 아니라면 무엇이라 말할 수 있을까?

오홍진 | 문학평론가

시와정신시인선 50

# 칙칙폭폭 그 옛날 완행열차

ⓒ김동준, 2024

초판 1쇄 | 2024년 2월 22일

지 은 이 | 김동준
펴 낸 곳 | 시와정신사
주    소 | (34445) 대전광역시 대덕구 대전로1019번길 28-7, 2층
전    화 | (042) 320-7845
전    송 | 0504-018-1010
홈페이지 | www.siwajeongsin.com
전자우편 | siwajeongsin@hanmail.net

공 급 처 | (주)북센  (031) 955-6777

ISBN 979-11-89282-58-5     03810

값 10,000원